AF460760

Ch^{au} de N. 1914 Mars 27.

TABLEAUX ANCIENS

MEUBLES ANCIENS

TAPISSERIES

Livres et Estampes

PROVENANT DU CHATEAU DE N***

CATALOGUE

DES

Tableaux Anciens

DONT

Une Importante Œuvre de TENIERS

COMMODE

ET DEUX ENCOIGNURES

De l'Époque Louis XVI

IMPORTANTES TAPISSERIES

VERDURES ANIMÉES

LIVRES ET ESTAMPES

PROVENANT DU CHATEAU DE N***

DONT LA VENTE AUX ENCHÈRES PUBLIQUES AURA LIEU

HOTEL DROUOT, SALLE N° 9

LE VENDREDI 27 MARS 1914

à 3 heures 1/2

COMMISSAIRE-PRISEUR

Me ANDRÉ DESVOUGES, rue de la Grange-Batelière, 26

EXPERTS

Pour les Tableaux :
M. G. SORTAIS, Peintre
EXPERT PRÈS LE TRIBUNAL CIVIL
rue Scribe, 11

Pour les Meubles et Tapisseries :
MM. G. DUCHESNE ET R. DUPLAN
rue Rossini, 10
PARIS

EXPOSITIONS PUBLIQUES

Le Jeudi 26 Mars 1914, de 2 h. à 6 h., et avant la vente, de 2 h. à 3 h. 1/2

CONDITIONS DE LA VENTE

Elle sera faite au comptant.

Les adjudicataires paieront *dix pour cent* en sus des enchères.

Paris. — Imp. de l'Art, Ch. Berger, 41, rue de la Victoire

DÉSIGNATION

TABLEAUX

FRANCK

(FR.)

1 — *La Continence de Scipion.*

Le vainqueur est assis devant sa tente et entouré des principaux chefs de son armée ; à droite, est une jeune fille en pleurs ; au centre, un seigneur portant une tunique rouge fait sa soumission ; un vieillard lui présente un coffret ; une jeune femme offre ses joyaux, accompagnée de ses suivantes et de ses serviteurs ; des vases d'or et des matières précieuses sont placés aux pieds du conquérant. On aperçoit, dans le fond, de nombreux cavaliers.

Beau et important tableau de l'artiste.

Panneau bois. Haut., 98 cent.; larg., 1 m. 40 cent.

(*Provenant de la Collection Dufraine de Cambrai.*)

HUYSUM

(JUSTUS VAN)

2 — *Vase de fleurs.*

Gerbe de tulipes, roses et fleurs variées, contenue dans un vase posé sur une table au milieu de raisins, orange et fruits divers.

Signé au milieu, en bas.

Toile. Haut., 93 cent.; larg., 74 cent.

(*Provenant de la Collection Dufraine de Cambrai.*)

HUYSUM

(JEAN VAN)

2 — *Vase de fleurs.*

Gerbe de tulipes, roses et fleurs variées, contenue dans un vase posé sur une table au milieu de raisins, orange et fruits divers.

Signé au milieu en bas.

[illegible]

(Provenant de la Collection Dutraine de Cambrai)

N° 3

TENIERS

(DAVID)

3 — *Paysage; soleil couchant.*

Au centre, un villageois, appuyé sur un bâton, écoute un berger qui joue de la flûte; des chèvres et des moutons se reposent près d'eux; au second plan, un cours d'eau; vers le fond, des rochers surmontés de quelques arbres; au-dessous, une habitation et trois villageois. Œuvre importante du maître.

Signée du monogramme.

Toile. Haut., 1 m. 15 cent.; larg., 1 m. 85 cent.

(Provenant des Collections du Chevalier Erard, du baron de Montlouis et de M. Dufraine de Cambrai.)

MEUBLES

4 — **Importante commode en acajou**, de forme rectangulaire, à pans coupés, reposant sur quatre pieds cannelés en forme de carquois Elle s'ouvre à deux petits tiroirs dans la partie supérieure, trois tiroirs dans la partie médiane et deux vantaux sur les côtés. Ornements en bronze ciselé et doré, composés d'une frise à boucles avec rosaces, de chutes à feuilles d'acanthe, d'encadrements de panneaux à rais-de-cœur, de perlés, de sabots en forme de culots et de tirettes. Dessus en marbre blanc. Signée de *P. Garnier*. Époque Louis XVI.

Haut., 1 m. 05 cent.; larg., 1 m 64 cent.; prof., 65 cent.

MEUBLES

1 — **Importante commode en acajou**, de forme rectangulaire, à pans coupés, reposant sur quatre pieds cannelés en forme de carquois. Elle s'ouvre à deux petits tiroirs dans la partie supérieure, trois tiroirs dans la partie médiane et deux vantaux sur les côtés. Ornements en bronze ciselé et doré, composés d'une frise à boucles avec rosaces, de chutes à feuilles d'acanthe, d'encadrements de panneaux à rais-de-cœur, de perlés, de sabots en forme de culots et de tirettes. Dessus en marbre blanc. Signée de *P. Garnier*. Époque Louis XVI.

Haut., 1 m. 05 cent.; larg., 1 m. 6[illegible] cent.; prof., 65 cent.

N° 5

5 — **Deux encoignures en acajou**, s'ouvrant à un vantail ; ornements en bronze doré, de même décor que la commode. Dessus en marbre blanc. Signées de *P. Garnier*. Époque Louis XVI.

Haut., 1 m. 05 cent.; larg., 85 cent.; prof., 54 cent.

N° 6

N° 6

HÉLIO LÉON MAROTTE

TAPISSERIES

6 — **Panneau en ancienne et très fine tapisserie-verdure de Bruxelles.**

A travers une éclaircie, on aperçoit la perspective d'un jardin à la Française, décoré de portiques, avec avenues bordées d'arbres aux fûts élancés et venant aboutir à un étang agrémenté de jets d'eau ; au premier plan, combat de léopards. Riche bordure à guirlandes de fleurs et de fruits, animées d'oiseaux et d'animaux divers.

Haut., 3 mètres ; larg., 1 m. 85 cent.

7 — **Panneau en ancienne et très fine tapisserie-verdure de Bruxelles.**

On aperçoit, à droite, un bassin avec une fontaine jaillissante ; au second plan et derrière un bouquet d'arbres, la perspective d'un château avec jardin à la Française ; au premier plan, un combat de coqs. Riche bordure à guirlandes de fleurs alternées de trophées, de motifs décoratifs divers et de rinceaux feuillagés animés de perroquets.

Haut., 3 m. 30 cent.; larg., 3 m. 25 cent.

N° 7

DESSINS, GRAVURES
LIVRES

8 — Lot de dessins des Écoles Hollandaise et Italienne.

9 — Lot d'estampes, gravures et eaux-fortes anciennes et modernes.

10 — **Filhol**. Galerie du Musée Napoléon, publié par Filhol, graveur, et rédigé par Lavallée. *Paris, chez Filhol*, an XI-1804-1815, 10 vol. gr. in-8, demi-rel. bas. bleue, non rognés. (*Rel. de l'époque.*)

Nombreuses gravures hors texte.

11 — **Galerie de Dresde**. Recueil d'estampes, d'après les plus célèbres tableaux de la galerie royale de Dresde. *Imprimé à Dresde*, 1752, 2 vol. gr. in-fol. dos et coins bas. fauve, tr. jasp. (*Rel. anc.*)

100 belles planches gravées.

12 — **Galerie de Florence**. Tableaux, statues, bas-reliefs et camées de la galerie de Florence et du Palais Pitti, dessinés par M. Wicar. *A Paris, chez Lacombe*, 1789-1807, 4 vol. in-fol., dos et coins mar. rouge à longs grains, non rognés. (*Rel. de l'époque.*)

Nombreuses planches hors texte. Cassures à quelques feuillets.

13 — Même ouvrage en deux volumes. Réimpression.

14 — **Galerie de Versailles** (La Grande) et les deux salons qui l'accompagnent, peints par Charles Le Brun, dessinés par J. B. Massé. *A Paris, de l'Imp. royale*, 1752, in-fol., veau marb., fil., dos orné, tr. rouges. (*Rel. anc. fatiguée.*)

52 grandes planches. Mouillures.

15 — **Le Brun**. Plafonds de Versailles. Recueil renfermant 35 planches gravées en taille-douce. In-fol., monté sur onglets, demi-rel. bas. fauve.

16 — **Ostade** (Adrien van). Œuvre complet, inventé et gravé par luy-même. *S. l. n. d.*, pet. in-fol., demi-rel. bas. noire.

Recueil de 53 planches gravées à l'eau-forte, et montées sur papier vergé.

17 — **Recueil d'estampes**, d'après les tableaux des peintres les plus célèbres d'Italie, des Pays-Bas et de France qui composaient le cabinet de M. Boyer d'Aguilles, gravées par Jacques Coelemans. *Paris, Basan et Poignant, s. d.*, gr. in-fol., demi-rel. bas. fauve, tr. jasp. (*Rel. anc.*)

117 grandes planches. Mouillures.

www.ingramcontent.com/pod-product-compliance
Ingram Content Group UK Ltd.
Pitfield, Milton Keynes, MK11 3LW, UK
UKHW021039180726
13838UKWH00004B/1906

9 782329 378473